AF280932

Herstellung: Books on Demand GmbH
ISBN 3-8311-2856-1

Vom Ende eines Liedes

Es war an einem Freitag.

Der Tag war erst wenige Stunden alt und die Nacht noch nicht vorüber.

Er lag im Bett eines Hotelzimmers. Die Leuchtziffern seiner Uhr leuchteten im fahlen Licht der Nachttischlampe in gelbem Purpur auf. Es war 2 Uhr 37 am Morgen eines 24. Septembers.

Als Er sich zurücklehnte sah Er durch das geschlossene Fenster seines Zimmers. Er stand auf und öffnete es.

Nach einem Blick auf die Straße ging Er wieder zu Bett und schlief bald darauf wieder ein.

Er war Schauspieler und von einem Theater dieser größeren Stadt wegen eines Auftritts engagiert worden.

Es war hell als Er sich auf den Weg zum Theater machte. Er ging zu Fuß, denn es war nicht sehr weit vom Hotel entfernt.

Um 7 Uhr hatte Er sich wecken lassen, geduscht und danach gefrühstückt.

Er hatte sich ein Hotel ausgesucht in dem Er längere Zeit bleiben konnte. Für ein Mittelklassehotel war es komfortabel genug, auch das Essen war nicht schlecht, doch, trotz alledem kam es ihm immer mehr wie eine billige Absteige vor.

Als Er das Theater betrat hatten die Proben schon begonnen. Die anderen Schauspieler, Alleinunterhalter und Sänger waren dabei ihre Rollen ein letztes Mal für den kommenden Abend einzustudieren.

Auch Er übte seine Nummern ein letztes Mal ein.

Als die letzten Proben um 12 Uhr beendet waren ging Er mit einigen befreundeten Schauspielern in das Hotel zurück um zu Essen und sich für den kommenden Abend auszuruhen.

Die drei Bühnenstücke die Er geprobt hatte bestanden aus zwei Liedern und einem Zauberkunststück.

Dabei spielte ein Dolch eine Rolle, den Er sich, für diesen Abend, von einem Gaukler gekauft hatte.

Er sah aus wie ein schönes Messer und hatte eine zweischneidige Klinge, die aber stumpf war wie seine Spitze. Die Klinge zog sich sofort in den Griff zurück wenn man so tat als ob ihn irgendwo hineinstechen würde.

Schon 5 Uhr nachmittags begann es dunkel zu werden.

Fast alle von den wenigen Schauspielern und anderen Bühnenkünstlern, die im gleichen Hotel wie Er wohnten, saßen in Gruppen oder auch einzeln bei den Sesseln der Hotelhalle.

Manche unter ihnen hatten den Gesichtsausdruck von Menschen für die alle Zeit stehengeblieben zu sein scheint, wenn sie auf die Uhr sehen. Einige waren in ein Gespräch mit den übrigen Gästen des Hotels vertieft, doch -- im Laufe der Zeit -- machten sich alle auf den Weg zum Theater.

Auch Er brach bald auf.

Eine lange Allee führte zum Theater. Sie bestand aus dürren Weiden, von der sie umzäunt war. Neben einer von ihnen lag eine tote Taube. Ihre starren Augen blickten zum Himmel. Als Er gegen
7 Uhr abends die Allee entlang ging, bemerkte Er sie und warf sie in das Gras. Dann ging Er weiter.
Die Vorhänge des Theaters waren noch zugezogen. Die ersten Besucher drängten sich schon in den Eingang und die Bühnenarbeiter hinter den Kulissen bereiteten sich ebenso wie die Künstler auf die kommende Premiere vor.
Sie sollte bald beginnen.
Ein Bühnenarbeiter half noch einer Platzanweiserin die Uhr einzustellen. Rasch war er bei ihr. Mit beiden Händen hob er sie an. Ein Besen in ihrer Hand berührte die Zeiger und kurze Zeit später war das Ticken der Uhr wieder zu hören.
Er hatte sich in der Zwischenzeit in das Publikum gesetzt. Dort saß Er vor einer Wandleuchte neben dem Vorhang eines Fensters. Seine linke Hand hielt ihn etwas zur Seite, als -- von der anderen Seite des Raumes -- eine Seitentür geöffnet wurde. Ein Windhauch kam in den Saal. Mit seiner rechten Hand hielt Er den Vorhang fest bis die Seitentür sich wieder schloß.
Auf der Bühne war eine Fackel aufgestellt worden. Ein Balletttänzer zündete sich eine Zigarette an ihr an.
Schließlich wurde der Vorhang geöffnet.
Ein Mann war zu sehen. Er stand neben einer Frau die in ein enganliegendes, weinrotes Kostüm gekleidet war.
Er schritt auf eines der beiden Mikrofone zu und machte die Ansage. Die Frau war ihm gefolgt und dolmetschte sie durch das zweite.
Zu dieser Zeit saß Er noch unter den Zuschauern. Müde blickte Er zur Bühne. Er war nur einer der Künstler und sein Auftritt war einer der letzten des abends.
Die Ansage war kurz. Die Künstler wurden einzeln vorgestellt, es waren insgesamt neunzehn, und darauf hingewiesen, daß alle, für diese eine Vorstellung, aus teilweise sehr entfernt liegenden Orten angereist waren.
Einige von ihnen, die auf den Plakaten angesagt waren, hatten zwar abgesagt, aber es wurde dennoch ein besonders stimmungsvoller und amüsanter abend versprochen.
Unter den Künstlern waren die Schauspieler in der Minderheit. Sie traten in kleinen Gruppen auf und ihre Auftritte waren die längsten. Daneben gab es die Alleinunterhalter. Sie hatten zumeist einen Sketch oder eine Parodie einstudiert , oder sangen ein Lied. Im Hintergrund gab es ein Orchester.
Die Ansage war beendet und der erste Auftritt stand auf dem Programm
Das Gemurmel des Publikums verwandelte sich in Schweigen, als die Lichtquellen -- die das Theater noch beleuchteten -- abgestellt wurden. Nur die brennende Fackel auf der Bühne sorgte dafür , daß es im Theater nicht völlig dunkel wurde. Eine Frau tanzte zur Orchestermusik um sie herum. Mit ihren immer schneller werdenden Bewegungen erinnerte sie an einen Raubvogel. Sie tanzte in immer enger werdendem Kreis um die Fackel, die -- als sie ganz nahe an ihr war -- verlosch.

Nun kam ein Tänzer auf die Bühne. Er entzündete die Fackel wieder. Ihr Feuer beleuchtete zwei Bühnenarbeiter. Einer von ihnen schob einen großen Spiegel vor sich her, der andere -- er war ganz in gelb gekleidet --gab dem Tänzer einen Degen. Er kämpfte mit ihm gegen sein Spiegelbild. Nach kurzer Zeit war der Spiegel blutverschmiert und der Kampf zu Ende.

Nach einer längeren Pause, während der das Orchester spielte, hatte ein Ballett seinen Auftritt. Es bestand aus zwölf Tänzern. Die Hälfte von ihnen waren Frauen. Je ein weibliches und ein männliches Mitglied des Balletts stand auf einem Totenschädel. Sie lagen in einigem Abstand voneinander und die übrigen Tänzer tanzten im Kreis um sie herum. Um die Tänzerin die männlichen und um den Tänzer die weiblichen Mitglieder des Balletts. Dann sprang der Tänzer gleichzeitig mit der Tänzerin zu deren, und sie, auf seinen Schädel.

Einige Zeit, nachdem sie die Plätze gewechselt hatten, sprang sie in die Gruppe der anderen Ballettmitglieder. Gleichzeitig mit ihr sprang ein Tänzer auf den Totenschädel, auf welchem sie vorher gestanden hatte. Das Gleiche wiederholte sich und wiederholte sich. Bis die Musik verklang.

Er bereitete sich auf seinen Auftritt vor.

Er blickte auf eine der Wanduhren, die in den Räumen hinter den Kulissen angebracht waren. Jede zeigte eine andere Zeit an, doch es mußte kurz nach 11 Uhr abends sein. Sein Auftritt würde also früher beginnen als Er gedacht hatte.

Der Auftritt vor seinem hatte schon begonnen. Das Orchester spielte. Ein schwarz gekleideter Magier trat auf. Er warf einen großen Würfel dreimal in die Luft und dann über das Publikum, wo er sich in viele kleine auflöste. Doch es blieb ihm keine Zeit weiter das Geschehen auf der Bühne zu beobachten.

Er zog sich um, probte rasch noch vor dem Spiegel seine Lieder. Sie hießen: " Teufel, komm raus ! " und " spring durch den Schatten !" Während dieses Liedes würde er sich auf einen Podest stellen und, von einem Scheinwerfer beleuchtet, auf eine vor ihm aufgespannte Leinwand auf die Silhouette seines Schattens springen. Sein Bühnenrequisit, der Dolch, würde während des Sprunges die Leinwand aufschlitzen. So würde Er durch sie hindurchspringen und auf der anderen Seite der Bühne das Lied zu Ende singen. Währenddessen kam ein Mitarbeiter unerwartet zu ihm. Er bot ihm an berühmt zu werden und tauschte seinen Dolch gegen einen von ihm ein. Beide sahen vollkommen gleich aus.

Er mußte sich beeilen.

Einige Leute im Publikum waren noch dabei, einen der vielen Würfel für sich zu erobern, als ein Klavierspieler im Hintergrund die Anfangstakte seines Liedes anschlug. Er fing an zu singen. Zuerst das Lied " Teufel, komm raus ! " Die Fackel auf der Bühne begann plötzlich wie wild zu flackern. Er sang weiter. Bei der zweiten Strophe verlosch sie. Er kam zu dem Stück: " Spring durch den
 Schatten ! " Jetzt brachte das Licht des Scheinwerfers etwas Helligkeit in das Theater. Man konnte ihn von seinem Podest aus auf seinen Schatten in der Leinwand springen sehen. Dann hörte man das Geräusch der reißenden Leinwand und einen Schrei, der lauter wurde, als etwas zu Boden fiel.

Als die Lampen über den Sitzplätze wieder angestellt wurden, lag Er tot auf dem Boden. Seine Kleider waren blutig. Er hatte eine Stichwunde in der Brust. Neben ihm lag der Dolch.

Während dem Sprung war ihm, dem Geräusch zufolge, der Dolch aus der Hand gefallen. Er mußte dann in dessen Klinge gefallen sein, denn die hatte sich nur zur Hälfte in den Griff zurückgezogen. Das letzte das er dann getan hatte, war, sich den Dolch aus der Brust zu ziehen.

Nach einiger Zeit begann das Theater sich zu leeren. Es war schon nach Mitternacht und die Vorstellung beendet.

Auch die Künstler gingen zurück in ihr Hotel.

Sie gingen schnell, denn die Nacht war kalt.

Die Heirat

Irgendwann, auf einem meiner nächtlichen Streifzüge durch die Stadt. sah ich sie das erstemal.
Sie stand im Schaufenster eines Möbelfachgeschäftes.
Die Straße war schwach beleuchtet und ich sah an ihr vorbei, in die Auslage. Mein Blick fiel auf die Kunststofftische im Verkaufsraum des Ladens. Sie waren mit Plastikblumen geschmückt, Dann bemerkte ich eine kleine Treppe, um die Tische herumstanden. Sie führte in einen etwas tiefer gelegenen Raum, um den Tische herumstanden. Der führte in einen etwas tiefer gelegenen Raum, der von einem großen, aus Holz bestehenden; ausgefüllt wurde. Wie ich erkennen konnte stand auf dem Tisch rosarotes Porzellangeschirr.
Ich bemerkte, daß der Zeigefinger ihrer rechten Hand, fast wie zufällig, zu dem gedeckten Tisch hinwies.
Ihr linker Arm war wie der Rechte angebeugt und zeigte, mit einem Zeigefinger der Hand, zum Eingang des Geschäftes.
Sie war eine Schaufensterpuppe und lächelte bewegungslos vor sich hin.
Ich trat einige Schritte vor das Geschäft um mir das Haus näher anzusehen.
Aus den Wohnungen über ihm leuchtete noch Licht aus den Fenstern,
Schließlich kam ich wieder näher an das Geschäft heran und bemerkte die Uhr an ihrem Arm.
Ihre Ziffern waren merkwürdigerweise spiegelverkehrt. Es war aber auch nach der ihren 23 Uhr 34.
Plötzlich fiel mir auf, daß inzwischen zwei der Finger ihrer linken Hand auf den Eingang des Geschäftes zeigten. Ich ging auf die Tür zu. Sie war leicht zu öffnen. Doch ich schloß sie gleich wieder. Ich ging dann um das Geschäft herum.
Die Straße war abgelegen und ich begegnete niemandem.
Hinter dem Laden befand sich der Eingang zum Wohnhaus. Die Namensschilder waren unbeschriftet.
Schließlich ging ich noch einmal um das Geschäft herum, um dann meinen Weg durch die Stadt fortzusetzen.
Doch dann ging ich noch einmal am Eingang des Geschäftes vorbei und sah zu ihr.
Sie zeigte jetzt mit drei der Finger ihrer linken Hand zum Eingang des Ladens.
Ich ging noch einmal auf die Tür zu und öffnete sie diesmal ganz. Nach drei Schritten befand ich mich im Laden. Neben einem großen Wandschrank war die Treppe zum Wohnhaus. Es war hell beleuchtet.
Ich wunderte mich das im Gang neben ihr, drei weitere Kaufhauspuppen standen. Sie sahen aus, als ob sie eben die Treppe herabgestiegen wären. Doch im Haus war alles ruhig.
Ein paar mal hörte ich die Schritte von Passanten, die die fast unbefahrene Straße entlang gingen.

Einige Male ging ich unauffällig im Laden umher, bevor ich die Treppe zum tiefer gelegenen Teil des Raumes -- zum gedeckten Tisch -- der, wie ich feststellte, aus Eichenholz war, hinunterstieg.

Ich erschrak, als ich eine weibliche Gestalt wahrnahm. Sie bewegte sich mechanisch. Ich sah ihr Gesicht und wußte, daß sie es war.

Sie saß auf einem der zwei Stühle vor dem Tisch. Ich setzte mich ihr gegenüber auf den zweiten. Zwei der männlichen Puppen des Geschäftes trugen mit gleichförmigem Grinsen das Essen auf, während andere, weibliche und männliche, von den Sesseln, des über uns liegenden Verkaufsraumes auf uns herab blickten.

Die Zeiger der Wanduhr zeigten spiegelverkehrt 2 Uhr 37 an, als wir gegessen hatten, ich sie umarmte und schließlich mit ihr tanzte.

Die Puppen um uns klatschten leise und monoton den Takt dazu.

Seit dieser Nacht stehe ich jeden Tag zusammen mit ihr in der Auslage unseres Geschäftes. Ich starre stumm auf die Straße.

Nur ab und zu rolle ich unauffällig mit den Augen, um zu ihr hinüber zu sehen.

Das Bild des Bildhauers

Ein Bildhauer malte einmal das Gesicht einer jungen, schönen Frau auf das weiß von einem Blatt Papier und rahmte es in Holz. Doch auf dem Gemälde fehlten die Augen -- der Bildhauer ließ sie weg.
Das erschien vielen unverständlich, denn, so wie es aussah, hätte es seine Tochter darstellen können. die hatte strahlend blaue Augen und das Bild schillerte in hellen Farben, Nachts warfen sie oft dunkle Schatten, auf die dem Gemälde, gegenüberliegenden Wände.
Eines Tages, als der Bildhauer seine Werke in einer Galerie ausstellte, es waren seither 16 Jahre vergangen, wurde auch das einzige Bild . das er gemalt hatte -- das des jungen Mädchens -- dort an einer Wand ausgestellt.
Die Figuren des Bildhauers waren alle wie Galeriebesucher der Ausstellung in den Gängen aufgestellt.
Dies verwirrte viele Besucher, da sie erschreckend realistisch waren -- doch das Prunkstück war das Bild, oder vielmehr die Schatten, die es auf die umliegenden Wände warf.
Sie waren absonderlich, denn dort wo auf dem Gemälde zwei leere Flecken waren, leuchteten auf seinen vielen Schatten die fehlenden Augen.
Es waren insgesamt 21 Schatten, alle gegenüber der 21 Gipsplastiken des Bildhauers.
Sie leuchteten gelb, braun und grün, und, neben zwei der Plastiken, in einem wunderschönen, dunklen Blau.
Die Besucher starrten ungläubig zu ihnen auf die Wände, als plötzlich das Bild sich in seine Farben auflöste und die Besucher, zusammen mit den 20 Plastiken des Bildhauers, den Saal verließen.
Er allein blieb zurück -- als die 18. seiner 21 Gipsfiguren.

16 Zeilen

Am Anfang stand die Hoffnung / mit ihren beiden Beinen /
im weisen Fluß des Lebens /.
Von dort ging sie ans Ufer /.

Zwei sahen sie dort stehen /.
 --- Sie war noch klein und ängstlich / ---
doch, wie sie da nun ruhte / am Ufer /
inmitten runder Steine / im grauen Sand des Flusses /
kamen die Augen näher /.

Bald langsam und bald schnell /.

Sie packten zu / mit ihren Händen / die beiden Augen /
und warfen sie / die ängstlich war /
bald wieder in den Fluß zurück /.

Der Fluß war kalt / er war kein See /
--- doch fand die Angst / sich gleich / im Schlamm des Flusses wieder /
--- beim Klang von fernen Glocken /
am anderen Ufer /.

Dort wo der Fluß noch dunkel war / kam er nun erst zur Welt /.

Hier war der Himmel blau und bald wurde er weiß /
durch viele kleine Wolken /.

Der Tag würde beginnen ! /.

Es lebten da vier Augen / mit ihm waren es sechs /
und manchmal auch nur zwei /.

So ging die Zeit dahin / am fremden Fluß des Lebens /.

Am Tag waren es bald so viele Augen wie nachts am Himmel / die hellen Punkte /
namens Sterne /.

Das ist das Märchen von der Hoffnung / die Wahrheit ist es nicht /.
(Der Tag war so zur Nacht geworden) /.

Der gemalte Traum

Einstmals zeichnete ein Schatten in den nassen Sand eines Strandes einen Kreis. In ihn legte erb die Scherben eines zerbrochenen Spiegels. Er reihte sie in den Kreis und gab ihnen die Form eines Dreiecks.

So schimmerte sich auf dem Bild bald das weis der Wolken.

Da noch einige große Splitter des Spiegels übrig waren legte er sie -- diesmal in der Form eines Vierrecks --in das Dreieck des Kreises.

Der Himmel spiegelte sich nun als blaues Quadrat im weis der Wolken, um das die Vögel kreisten.

Nur, nachts war das Bild nicht mehr zu sehen, denn, eine Welle spülte alles hinweg und legte ein Knäuel schwarzer Wolle darauf / .

Das Mißtrauen

Es schleicht sich ein / ist plötzlich da / und nicht mehr zu vertreiben / .
In einem Glaspalast / liegt es / versteckt in toten Winkeln / .
Es liegt dort / ganz verschlafen / und ist doch ständig wachsam / mit einem blinden Auge
/
Hier wirft es manche dunklen Schatten / auf das Vertrauen / wenn es sich / in seine
grauen Räume / hineinbegibt / .

Es hinterläßt so seine Spuren / auf ihm / und wird es so vertreiben /.

Die Illusion

Sie ist ein leeres Buch / mit vielen weißen Seiten /
mit vielen dunklen Sätzen /
auf hellem nichts/
durch das die Eulen fliegen /
durch nichts als nichts und nichts /
als ihren eigenen Gedanken / .

Das Lied

Sie wiegt / ganz sanft / im Tanz dahin / .
Oft schnell und manchmal langsam / im Rhythmus ihres Liedes / .
Ihr Körper bewegt sich schwerelos / dahin / in seinen Takten / .
Sie singt ihr Lied / und ihre Stimme klingt / nach weichem Samt / .
Fast hell und doch so Dunkel / .
Sie öffnet ihre Augen und schließt sie wieder /.
Schließlich dann / zum Schluß / verbeugt sie sich vor ihrem Mikrofon / .

Das Publikum ist ihr Trapez / der Zirkus ihre Halle / .
Es möchte mehr von ihr, viel mehr / doch sie geht von der Bühne / .
Das Publikum / es hat gesiegt /.
Wie jedes mal ! / . ... / .

Die Kindheit

Manchmal ist sie jung geblieben /
und man selbst nur alt / .

Manchmal ist sie alt geworden /
doch man selbst noch jung / .

Die Sphinx

Ist sie unbewußt ? /.
Sind Steine unbewußt ? /.

Es steigt noch immer ihr Lächeln auf / aus ihrer Zeit /
auf die vielen tausend Arme /
mit ihren vielen tausend Händen / die vor vielen tausend Jahren /
ihr den merkwürdigen Kopf /
---- halb Stein, halb Katze -- und -- auch, halb Mensch / zusammenfügten / .

Die Sphinx ? / .

Das grausame ? / Das lächelnde ? / .

--- Der Stein ! / .

Ein Streichholz / flammte in mir auf /.
Ich konnte es nicht löschen / .
Doch ging sein Licht / von selbst bald aus / .
Es brannte ab / im Dunkeln / .
Nur der Geruch / von Schwefel /
der war es dann / der übrig blieb / -- und der zerfiel im Wind / .

Herbstsonate

Der Wind bewegt sich / leise / kalt / im Schutz des Nebels / durch die Stadt / .
Sanft weht er über ihre Dächer / fällt tief ins grau der Straßen /
fällt in den Park / versinkt in seinen Bäumen /
und dort im leuchtend dunklen Laub / des Herbstes /.
Da ist der Mond, wie eine weise Scheibe / mit unsichtbaren Ecken / .

Sie schimmern durch das Grau der Wolken / versinken darin / tauchen wieder auf /.

Die Sonne scheint noch unsichtbar / aus ihrem Licht /
das rötlich wirkt -- /
doch /
nicht mehr wärmt / .

Der Wind bewegt sich jetzt noch immer /.
Sehr kühl / sehr unsichtbar /
doch nicht mehr ganz so lautlos /
mit dem Nebel /
durch den Tag / .

Er trägt die Stimmen seiner Menschen /
ihre Rufe / ihr Gelächter /
und die Geräusche der Motoren /
auf der Straße /
 --- aber, doch auch /
die Gedanken vieler Träume /
die wie Schiffe ohne Segel /
ohne Anker /
ganz ohne Ziel /
und schwerelos /
durch unsere Seele schwimmen / .

Nur dann und wann versinken sie darin, um wieder aufzutauchen / .

Die Heimkehr

Am Ende der Nacht / bevor der Tag begann / singen keine Vögel / um ihn zu begrüßen /
.

Die Stadt war noch von der Wüste umgeben, in der ihre Bewohner sich zurückgezogen
hatten, um für den Regen zu beten, der schon lange, all zulange, nicht mehr mit den
Wolken in ihr Land kam.
Die Stadt vertrocknete mit der Sonne, die nur noch heiß und brennend, doch nicht mehr
warm war.
Wer erfolgreich , dort in der Wüste, um Regen gefleht hätte und mit ihm in die Stadt
zurückgekehrt wäre, hätte die höchsten amtlichen Stellen in ihr besetzen können.
Im Laufe der Zeit begannen auch die tiefsten Brunnen der Stadt in der Hitze
auszutrocknen.
Es wuchs kaum noch Gras.
So kam es , daß fast alle Bewohner aus der Stadt ausgezogen waren, als er, der ihr den
Regen brachte, zurückkam.
Doch ihn, der Jahre in der Wüste verbracht hatte, kannte niemand mehr in der Stadt. Er
war inzwischen alt geworden und fühlte sich in ihr als Fremder, trotz all des Erwachens.

Der Losverkäufer und die Zeit

An seinem Stand inmitten des Rummelplatzes lehnte er und verkaufte seine Lose an alle, die den Eintritt zu ihm bezahlten.
Er blieb nie sehr lange in einer Stadt und zog immer bald mit dem Rummelplatz weiter.
Als Losverkäufer lebte er von der Zeit.
Mit etwas mehr oder weniger Glück -- je nachdem --konnte man in seiner Lotterie Zeit gewinnen : 1 Minute oder 2, 10 Minuten, 20 oder 30, 1 Stunde oder 2.
Der Hauptgewinn war ein Tag.

Das Spiel war nur an eine Bedingung geknüpft: Jeder der ein Los zog, auf dem ihm keine Zeit zugeschrieben wurde, mußte sich bereit erklären, ihm auf dem leeren Los soviel Zeit zuzuschreiben, wie sie ihm gerade zur Verfügung stand. Andernfalls, wurde er für immer von der Lotterie ausgeschlossen.

So zog der Losverkäufer jahrelang durch das Land und hatte immer noch genügend Lose übrig.

Oft gab er Kindern die Zeit zurück, die ihre Eltern einmal an ihn verloren hatten.

Leben

atmet in der Haut / scheidet sich aus / lebt in der Nacht / .
Liebt die Sonne / küßt und beißt und läßt nicht los, nicht los /.
Will alles und ist millionenmal nichts /.
Liebt auch nichts und lügt / .
Jede Zeile ist schon 300 Mal geschrieben worden und aus Liebe wieder ausgelöscht /.

Es küßt und beißt / läßt nicht los / lebt in der Nacht / und liebt die Sonne / .
Vertraue / vertraue / . Jede Zeile ist schon 300 Mal geschrieben worden / -- in der Zeit /
Zeit / .
Es lebt und liebt und atmet nicht ohne die Welt / ....

So seicht in der Liebe, die kein Haß sein will. -- Doch, so tapfer in der Hoffnung, die kein Fernseher sein kann. So teuer für die Zukunft, das nichts so billig sein kann.
Kein Leder leider oder teure Haut die Sie, oder auch Er , sein will / .

Der Schrei

Nichts, wenn die Tür zubleibt, kein Licht mehr durchkommt / .
Nichts, wenn die Nacht dableibt -- der Morgen nie kommt / .

 Freiheit ist wie eine verlassene Festung mit offenen Toren / .

Die Wintersonne

Glasklar scheint sie hin und wieder / durch das kalte Blau des Himmels /.
Dann und wann / zur Tagesmitte / leuchtend weiß /.
Doch, viel zu schnell, versinkt sie wieder /
 in das kalte Meer / dem Winterhimmel / .

Dann, wenn das Grau des Nebels / zu Frost gefriert /
und im Schnee die eingekerbten Spuren /
sich vom Eis nicht lösen und sie der Schnee verdeckt /
wie von einer kalten Hand / die mit ihren weisen Winterfingerfingern /
sie geisterhaft / verwischt /. –

Und doch, die warme Wintersonne
scheint bald wieder
durch das kalte Blau des Himmels / .

Nachtschatten mit Gewächsen

Es sind die Augen der Eulen, die Licht sammeln / sie fliegen es in gelben Pupillen / .
Wenn der Tag kommt, streuen sie es in die Dämmerung aus / .
Da stehst Du / mit weisen Zähnen / -- füll die Lücken darin aus / mit Licht, das die
Eulen sammeln / .
Das Gold aus ihren Pupillen / in Nacht und Nebel versinkt es / .

Der alternde Tod

Wie er sich nach neuen Schiffen sehnt, die seine Seelen in andere Morgen führt /
wie er sich müde die zersprungenen Seelen nie zurücksehnt, aber immer wieder sieht / .

Katzentraum

Träum; Katze, von der Kopfkissenmaus /
von der Spieluhr mit dem Krallenzeiger /
in der die Sekunden tanzen / .
--- Auf Samtpfötchen dahin, dahin
in Ihrer Welt /
die sich um ihre Achse dreht / .

Komm, Katze, träum dir die Zeit weit hinter deinen Augenlidern /
ganz weit, zu zweit und allein
und spiel dabei mit deinen Träumen / .

Wir warten beide auf die Nacht

wenn sanfte Flügelschläge /
uns wie Schmetterlinge vorwärtstreiben /.

Ein blindes Auge sich sehen lassen kann /
und die Nacht nur dunkler Tag ist / .

Komm, komm ! /.

Die Nacht will Sterne zählen / der Tag in der Sonne träumen ! /.

Doch, bleib da ! / Du Mond /
bleib da / du Wolke ! / -- Für das Gras, den Tau ! / .

Und verschwinden hinter tausend Augen / die Nächte lang, so lang, dahin / .

Freu Dich / wie sanfte Flügelschläge / uns wie Schmetterlinge vorwärts treiben /.

Sei auf der Hut , sei auf der Hut, mein Kopf.
Die Haare stehen manchmal ganz aufrecht da; im Wind, wenn ich mich längst schon ducke.
Sei auf der Hut, mein Kopf, wenn er sich dreht -- der Wind.

Lust

Das kleine Stück Fleisch /
das als Nacht zerfließt ! / .

Das kleine Stöhnen /
als das sie kommt ! / .

Das, das, das, das --
.... was ist ! / ....

Ich möchte so gern Deine Laufmasche sein / mit Dir dann in den Himmel steigen / -- da wo die Welt geboren wird / und mit Dir weiterfliegen / -- zur Schlange, in das Paradies / .

Liebe ist das Feuerwerk bei Regen / der Regenbogen in der Nacht / der Stern bei Sonnenaufgang / der Anfang am Ende / das Ende ohne Anfang / .

Liebe ist wie ein ausgeschlüpftes Küken, das sich noch hinter dem Ei des nächsten versteckt. Im Gefolge einer langen Kette / .

Kleine Andacht eines gläubigen Menschen

Einmal habe ich ein Kind gesehen. Es saß mitten in der Nacht, es muß gegen 2 Uhr morgens gewesen sein, auf dem Bordstein eines abgelegenen Viertels, inmitten einer großen Stadt. " Fürchtest Du Dich nicht ? " Fragte ich dies kleine Kind.
" Wieso sollte ich mich fürchten ? " Fragte es mich, ohne sich vor mir zu erschrecken, --
" Mein Vater kommt doch bald wieder zurück ! "
Ich blieb noch einen kurzen Augenblick bei diesem unschuldigen, erst wenige Jahre altem Kind.
Erst als es anfing zu regnen, ging ich weiter.

Vielen von uns geht es so, überlegte ich mir, wir sitzen mitten in der Nacht auf der Straße; sitzen da, wie bestellt und nicht abgeholt -- und doch : Wir fürchten uns nicht und, wir zittern auch nicht, denn wir wissen : " Unser Vater kommt bald und holt uns alle heim " .

Die Romantik einer abgebrannten Gartenlaube

Verkohlt und schwarz / das Holz / .
In die Asche malt ein kleines Kind ein Bild / .
Das Dach ist noch ein dunkles Gerippe /
aus Balken / .
Doch, ein alter Geist fühlt sich noch wohl / in seiner Gartenlaube / .
Der Wind verweht die Asche in den Garten / . Sie wird den Blumen wachsen helfen ! / .

Elfriede Null und Professor Frust

Elfriede Null war nie was ihr Name versprach, nein, denn sie hatte immer den sechsten Sinn. Zwar nicht immer, aber doch meistens.

Nur Professor Ingmar Frust war ständig auf Null. Es gab da einige, die behaupteten er wäre schon einmal eine Eins hinter dem Komma gewesen, aber das sagten sie nur so. Vielleicht meinten sie das Komma auch ohne ein " m ".

Elfriede Null jedenfalls war schon mehr als ein ovales Nichts. Irgendwie war ihr Frust auch immer zuwider, aber, was sich irgendwie reimt, das neckt sich auch und wenn sich der Professor -- er war es in Mathematik -- spät nachmittags seiner Lust, weniger in Arithmetik, sondern in Promille hingab, wachte sie manchmal wirklich bei ihm auf.

Aber Elfriede Null war ein lustiges Mädchen und Professor Frust nicht. Nur war das manchmal null und nichtig.

Ja, Frust gehört ins Dasein und die Null ist wie die Luft, ja, so wichtig wie die Luft, für alle die anderen Zahlen.

Sei lustig wenn Du auf Null und wie der Frust bist. Wenn auch nichts dabei herauskommt - außer ein paar Stunden zusammen. Aber daraus besteht die Welt.

Aus Elfriede Null jedenfalls wurde eine 1 und Professor Frust hatte auch schon manchmal ein paar lustige Tage. Ja, wenn sie nicht gestorben sind, kennen sie sich vielleicht auch heute noch.

Akte

Eingänge, Vorgänge, Ausgänge und Untergänge.
Einbildung, Ausbildung und Umbildung. ----- Und Aussichten, Einsichten, Vorsichten und Ansichten.
Vorstellungen, Einstellungen, Anstellungen und Entstellungen.
Unterhaltungen, Enthaltungen und Vorhaltungen.
Außerdem die Wegfälle, Unfälle, Einfälle und Ausfälle.

Ausbooten

Ins Nichts setzen, dort paddeln lassen /. Sich selbst zurücklehnen, an der Reling / .
Vor ausufernden Charakteren muß man sich schützen / .

Ein Haus aus vielen Herzen

Vor den Türen fast die ganze Welt / und hinter ihnen / .

Schatten kunterbunt /.
Sie werfen ihre Anker auf die Straße / .

Fremd und nah / manchmal auch sonderbar /
wie Fische, die sich im Gefrierfach sonnen / .

Es geht die Zeit in diesem Haus / treppauf / treppab / .

Das Lächeln öffnet sich in meinem Augenlid . /
Versteckt sich manchmal hinter Mauern /
die nur ganz dünne Wände sind / .

So ist das Haus / fast / ja, vielleicht, wie ein Foto /
-- viele Menschen / die oft / aus ihrem Bildrand springen / .

Häuser am Strand,
in den Fluten versunken / mit Seelen als Wohnzimmer /
in denen Kraken / ihre acht Arme /
durch die Wellen gleiten lassen / .

Das Herz

Geh in den Garten und heb Dir Dein Lieblingsgrab aus ! /
Pflanz die Narzissen um,
dann leg es frei / .
Verscheuche sie, die Raben ! / .

Leg es frei und grab es weg ! / .

Laß die Narzissen und die Raben ! /.
Die haben nichts gesehen --
und verlaß den Garten und laß ein Haus darüber wachsen ! / .

Nicht für die Wolken,
aber auf der Erde / .

Sei auf der Welt und irgendwann gräbt sich jemand ein Lieblingsgrab auf / .

Die Raben haben nichts gesehen und die Narzissen blühen weiter / .

Schlag weiter, schlag weiter, mein Herz / .
Die Seele ist die Welt / .

Wachsblumen

Den Abdruck von fremden Leben in sich eingekerbt / .

Täuscht es ? / -- Oder, seid ihr vielleicht nur der dunkle Traum einer Narzisse / von Rosen /
 -- oder, der von Nelken ? / .

Sie träumen alle vom ewigen Leben ! / .

Ohne Wasser und vielen Wintern nach dem Herbst / ....

Wachsblume ! / -- Du pflanzt dich nur auf den Händen von Menschen fort / .

Dein Glück oder dein Pech / -- oder, -- täuscht es ? / .

Eingekerkert in Wachs ---
seid ihr vielleicht nur der schöne Traum aus Farbe / aufgelöst in Parafin ? / .

              Stille
                 Still
                   Stil
                     Sti
                       St
                        S
                                  ....

Liebe ist wie eine Raupe / die sich noch als Schmetterling entpuppen wird / .

Der lila Rosenstock

Ein junger Mann lebte einsam in einer Stadt.
Er kam sich in seiner Wohnung verlassen vor und wollte seine Einsamkeit mit einem lila Rosenstock teilen. Als gerade Markt in der Stadt war, ging er, um sich dort einen zu kaufen.
Nicht weit von ihm entfernt wohnte in der Stadt eine schöne Hexe, auch sie war einsam und wollte, wie er, für ihre liebevoll eingerichtete, kleine Wohnung einen lila Rosenstock, um sich nicht so alleine zu fühlen. Als sie vom Markt erfuhr, nahm sie ihren Besen und flog dorthin..
Sie hatte lange nach einem lila Rosenstock Ausschau gehalten, als sie, aus einiger Entfernung, einen sah.
Auch der junge Mann hatte lange gesucht, und er kaufte den einzigen lila Rosenstock des Marktes.
Als die schöne Hexe das sah, warf sie vor Wut ihren Besen auf den Boden und wollte den weiten Weg zu ihrer Wohnung zu Fuß zurückgehen.
Der einsame, junge Mann hatte sie bemerkt und wollte sie wiedersehen. Den ganzen Tag ging er auf der Suche nach ihr auf dem Markt auf und ab. Mit der Zeit begann er unglücklich und müde zu werden. Plötzlich sah er vor sich den hübschen, kleinen Besen der schönen Hexe. Er bewunderte ihn lange und fragte sich welchem Wesen er wohl gehören würde. Da er müde war setzte er sich schließlich auf ihn. Und, siehe da ! Der Besen fing plötzlich an zu fliegen und er landete in der Wohnung der schönen Hexe.
Der junge, einsame Mann und die schöne Hexe verstanden sich vom ersten Augenblick miteinander, begannen sich zu mögen und feierten viele Walpurgisnächte miteinander und auch der lila Rosenstock entwickelte mit der Zeit viele kleine Sprößlinge.

Der verwunschene Kater

Es war einmal ein Kater der sich überall bei seiner Freundin unangenehm aufführte.
Diese Katze, namens " Lizzi ", wohnte bei einer Frau namens Klara. Die hatte eine große
Wohnung und hielt manchmal Untermieter fest.
Im Verein der Katzen gab es da eine, die hielt viel von Zauberei.
Lizzi, so hieß die Katze und er einfach Moritz, ließ ihn also einfach in einen Menschen
verzaubern der dann bei Klara in Untermiete leben mußte.
Ei, was war das für eine Freude für Lizzi wie sie da mit ansehen durfte wie Moritz von
Klara zur Hausordnung gerufen werden mußte. Da war er ganz anders als der Kater der
einfach hier und dort einmal war, sich Katerhaft daneben benahm und immer einfach
bloß ein Tier war.
Nein, bei Klara mußte Ordnung gehalten werden und nachts nicht einfach bloß
herumgestrolcht, sondern ein Nachtgebet gesprochen.
Doch, als er persönlich immer mehr dabei verkam, tat es ihr letzten Endes leid.
Ja, und da er wieder zurück verzaubert wurde und sie Moritz endlich wie zu Milch und
auch wieder zu Whiskas treffen konnte führten sie bald wieder eine gute Katzenehe.

Die Geheimakte Freud
Seine Couch erzählt

Abends, wenn Sigmund seine letzten Patienten entließ, blieb es immer eine Zeitlang ganz still zwischen uns.

Er nahm dann bald eine Linie Koks, um die Geschichten seiner Patienten besser analysieren zu können.

Seiner Frau hatte er erzählt er habe noch Überstunden zu absolvieren, doch dann, ja dann --

dann legte er sich zu mir.

Ich war dann seine Mutter, zu der er sich, nach einem langen Arbeitstag, nach dem ganzen Leid der Welt -- daß er durch seine Patientinnen erfuhr -- zurückziehen wollte, und, auch er selbst sich auf sie legen durfte.

Viele der Träume Sigmunds, die er auf mir träumte und erzählte, sind geprägt von der Problematik der Eifersucht, die seine Frau und mit ihr, die ganze Familie, auf seinen Arbeitsplatz hatte.

Er ging aber immer wieder treu zu seinen Angehörigen zurück, doch -- immer nur dann, wenn er sich zu mir gelegt hatte.

Alle seine Fehlleistungen erzählte er mir. So viel erfuhr ich von ihm, das er von der Urhorde träumte, die seinen Vater umgebracht hatten, seine Sexualtheorie -- in der ich eine große Rolle spielte -- und, um sie in ihrem ganzen Ausmaß verstehen zu können, muß man schon die Couch von Sigmund Freud gewesen sein.

Aber, was sage ich, unser Nachwuchs kann noch immer die alten Geschichten erzählen.

Kleiner Zeitgarten

Garten aus Zeit / .

Laß Licht und Regen zu ihm hinein, dem kleinen Garten aus Zeit und seltsamen Pflanzen / .
Keine Pflanze / und sei sie noch so seltsam / ist in ihm fremd / .

Ein kleiner Zeitgarten, in dem etwas wächst, das es noch nicht gibt / .

Ein kleiner Zeitgarten / aus Einsamkeit / viel Luft und Liebe / .

So freue ich mich / wo sie mit der Hoffnung - in dir - / neben einander stehen / .

Wann ?

Wird es nachts sein ? / Schon am morgen ? /.
Oder, vormittags -- wenn es schon Neues für morgen gibt ? / .
Mittags, nachmittags, oder abends ? / .

Wird es morgens sein ? / -- Bei einem Sonnenstrahl ? / .
Vormittags ? / Mittags ? / am Abend ? / .

Wann ? / .

Wird es Nacht um mich sein ? / .

Die eingesperrte Nacht

Ein Tagschatten, der auf dem Weg zur Arbeit war, fing einmal im Morgengrauen die
Nacht mit seinem letzten Traum ein und schloß sie in einen Tresor.
Es gab nun keine Nacht mehr; ständig war Tag.
Die Menschen waren anfangs verwirrt, aber dann freuten sie sich über das viele, neu
gewonnene Licht, das die Sonne jetzt ständig über sie ausschüttete.
Die Nacht indessen fühlte ihr Gefängnis und träumte sich den Mond und die Sterne, die
man am Tag -- im Licht der Sonne -- nicht mehr sah.
Auch die Sonne wurde immer müder, wochenlang war nur noch Tag, und ihr Licht
wurde immer grauer und grauer und der Mond, mit dem sie nun immer zusammen war,
sehnte sich nach seiner einzigen großen Liebe -- der Nacht -- .
So kam es, das beide sich auf die Suche nach ihr machten, bevor nur noch alles im
grauen, müden Licht der Sonne versank.
Doch, auch der Tagschatten, dessen letzter Traum so trostlos war, das auch die Nacht
davon gefangen war, sehnte sich wieder nach ihr.
Er öffnete den Tresor und ließ sie frei.

Nun schlief die Sonne mehrere Nächte in ihrem Haus, -- doch dann war alles wieder wie
vorher.

Maske

Ganz ohne Haut /.
Ein wenig Fleisch / unter der Oberfläche / .
Sonst, nur nichts / unter der Oberfläche / -
Ganz groß, ein Kopf, nur Augen, Nase, dazu zwei Löcher /
Mund und Kinn / .
Dazu nur Ohren / um zu wissen, wie Jemand aussieht ! / .

Innen wie Außen / Außen wie Innen / und Innen nach Außen
wie von Außen nach Innen / .

Ein wenig klein, die Maske /.
.So ohne die Beine, die sie halten / .
Ohne den Körper, und ohne den Hals / .
Ein wenig Nacht / in die der Tag hinein fällt / .
Ein wenig Lachen, das sein muß, um im Leben sein zu können ! /
--- Denn, sonst ist man früh schon eine Maske /
die mühsam sich durch ihren Lebenslauf hindurch stolziert / --- ganz immer so, ganz echt
! /.
Ganz echt, mit kleinen Augen, und viel Körper, unter der Oberfläche ! / /

Todessehnsucht ! /
Totes sehnen sucht ! / .
Sucht / sucht ! / Sucht ! / Sucht ! / .
--- Nach Macht / Gier / .
Sucht sich selbst / nach einem zweiten / .
Tod sehnt sich nach Leben ! / .

Es gibt ein Leben in der Wüste ! / .
Es geht zu zweit / da regnet es manchmal / .
Es geht allein / da braucht man meistens Krankenscheine / .
Es geht ganz ohne / da liegt man auf der Straße / .
Es geht im Internet / da braucht man nur sich selbst / und genug Geld / .

Es geht, es geht, solange Du da bist / .
Es gibt ein Leben in der Wüste ! / .

Engel

Nacht hält Dich im Arm / Tag frisiert Dich /
durch den Mund atmest Du die Luft / .
Tagsüber lebst Du / Nachts willst Du /. Abends bleibst Du / --
so bist Du / manchmal, manchmal /.
Ja, manchmal küßt Du auch / -- die Liebe / das Fremde /-- und haßt / .
Ja, den Haß kennst Du auch / .
Ja, so liebst Du / und gehst Du / und haßt / .
Ja, den Haß kennst Du auch / .

Ja, so ein Engel / der nur da ist / so völlig ohne Berechnung / ohne zu wollen und ohne
zu haben /
so total unneurotisch / ohne Beziehungen zu haben / und außerdem doch so schön sein
kann um auch Kinder zu lieben /. So ganz Nacht und auch Tag / und Abend / .
Der nie aus der Liebe ein Schlachtfeld macht / .
So ein Engel stirbt nicht gern / der lebt ! / .

Das Sehen

Ein wenig wie die Augen / wenn das Lächeln in ihnen tanzt / .
Ein wenig wie die Augen / wenn die Angst sich auf sie legt und sie nur noch die
Dunkelheit sehen / .
Ein wenig wie die Augen / die das Leben sehen / mit ihm tanzen /
und / dem Tod / der manchmal die Musik dazu macht / .
Ein wenig wie die Augen / die manchmal blind sind / und / doch viel sehen / und /
manchmal / auch in ihren Träumen /.
Viele Augen sind es / die manches sehen / .

Kein Wind mehr in den Segeln

Wenn er wie weggeblasen ist / Du nur noch im Kreis herumtanzt / .
Du fühlst Dich wie eine Fliege / im Netz der Spinne /
wenn Du glaubst, Du glaubst nicht mehr / .
Ein Märchen nach dem anderen sich in Wahrheit auflöst / alles verhext ist / -- da versuch
Dir andere Schuhe anzuziehen / in denen Du weitergehen kannst / .
Vielleicht gelingt Dir ein Schritt / .

Leben wird alt

Mit 1 wächst Du auf / mit 4 wirst Du erzogen / .
Von 7 bis 9 beginnst Du etwas zu werden / -- mit 14 bist Du es / -- mit 16 bleibst Du es /
.
Mit 20 wirst Du 28 / . Mir 28 sind manche schon gestorben / .
Mit 32 lebst Du weiter / .
Mit 38 bist Du 38 / . Mit 42 wirst Du alt / .
Mit 58 gehst Du auf das Alter zu / mit 100 hast Du alles überstanden / .

Das, was fehlt

Was ist es ? / Was ist es ? / .
Das, was nie da ist ? / -- nie ganz verschwunden / aber auch nie da / .
Was ist es / das was fehlt ? /.
Alles ist eine Prise zu wenig / eine Spur zu schal, ja, etwas fehlt / .
Du kannst es Dir holen wollen / woher auch immer / -- aber, etwas fehlt / .

Dann

Vielleicht werde ich einmal wiedergeboren / als erfolgsversprechender Typ mit guten
Zukunftsaussichten / .
Als einer, der den Kleinen Hoffnung gibt / .
Einer, der mit vielen Frauen glücklich verheiratet sein kann / .
Jemand, den viele lieben und den kaum jemand nicht gern hat / .
Mit sozialem Gewissen und wie aus einem Ei geschlüpft / .
Also, als jemand, der viel mit sich vereinen kann / .
Vielleicht gibt es dann auch genmanipuliertes Menschenmaterial, mit dem es leicht ist,
hauszuhalten / .
Vielleicht wird aus mir gerade dadurch ein erfolgsversprechender Typ mit guten
Zukunftsaussichten / .
Dann, vielleicht ! / .

Lied für den Tag / Lied für die Nacht

Wenn sie eng umschlungen in den Armen des Tages liegt /
sich heraussehnt aus dem Alltag / .

All die Nacht / die sich so klein ein Großes träumt / .
All die Wüste / die sich blühen sehen will / und / es auch manchmal tut / .

Jeder Schrei der ausgestoßen wird / jeder Seufzer / Schluchzer / sehnt sich nach Liebe ! /
.

Jedes böse Wort ist nur ein grasen in der Wüste /
jeder böse Blick ein Rasenmäher vor seinem Wüstenhaus / .

Ein zweischneidiges Schwert / mit dem man sich noch selber tötet / .

Die Wüste ist auch Eis und langsames Sterben / wenn man eine Fata -- Morgana liebt /
oder den Eisberg / an dem man zerschellt / .

Anonym

/ -- ein Mensch in der Masse /. Frau oder Mann / -- nur statistisch erfaßt / .
Klein vielleicht oder eher groß / kleiner Pinkel oder Großkotz ? / Nüchtern oder blau ? /
Vielleicht vergessen / .
Vergessen ? / Statistisch erfaßt ! /
Krank, ungesund oder fit ? / Kriminell oder Polizist ? / Hausfrau oder Klempner ? /
Minderbegabter oder Student ? / Fleißig oder öfter gekündigt ? / Erschossen oder normal
gestorben ? / Vielleicht noch lebend ! /.
Anonym / ein Mensch in der Masse /. Mit Deinen Augen / oder / meinen / .

Einfach

Einfach / ganz einfach / wenn es gut ist / .
Schwer / wenn es schlecht ist / .
Schwer / ganz schwer / wenn es so bleibt / .
Leicht zu sagen : "es ist Falsch " / .
So / ja /. -- So, ist es immer : " Einfach, ja, ganz einfach " /
 -- solange es gut geht / ....

Von all denen, die in der Zeit untergingen / all den Helden. die nie besungen wurden / .
All jenes, welches ganz am Rand auftaucht / all die Lichter, die unter den Scheffel gestellt wurden / .
Viel Licht, das Schatten war / .
Ja, jeder Kalender wird weggeworfen / jeder Tag war / und jedes Leben vergeht / .
Es ist die Zeit, die immer gleich bleibt / nur, alles in ihr wandert /.
Jung bleibst Du nur für eine Zeit lang /
alt bist Du nur kurz / alles dazwischen vergeht / .
Staub ist alles, was ist /. Der Rest ist Zeit / .

Geschichte aus der Einsamkeit

Ein wenig immer die Liebe zum Tot /
ein wenig / wie immer / die Liebe zum Leben / .
Immer nur die Einsamkeit / die immer nur die Nacht ist / .
Was ist / was ist ? / .
Ist Leben irgendwo nur wie der Tod und Liebe nur noch Hoffnung ? / .

So segle dahin / in Deinen Gewässern / in einem Boot / .
Es wird wohl noch Land finden /.

Der Schreiberling

Diese Nacht / ein bißchen schon zu Lebzeiten / für den letzten Tag ! / .
Ein wenig hoffnungsfroh / dann doch / .
Wenig Licht / für die Nacht / .
Dann doch / -- aus weiblichen Augen ! / .

Du bist was Du bist / .
Der Rest ist Schicksal ! / .
Das ist es / und Du / bleibst nie die Welt / .

Denk an die Grundschule zurück ! / Da war manches immer genauso / .

Manche kann das Leben eben nicht anpassen / .

Sei immer Dein eigener Prediger und versuche etwas zu retten / .

Nacht gibt es immer und Tag auch ! / .

Die Nächte reden lang vom Tag / -- der, -- in den Augen ihrer Träume, / -- ein Wahnsinn ist / .

All die Zeit

die schläft / bis sie erwacht / an einem Tag / .
All der Tot / der plötzlich da ist / in einem Leben / .
Jede Nacht ist nur ein Spiegelbild vom Tag / .
Aller Wahnsinn nur der Spiegel von uns selbst / .
Alles Bleiben nur eine Flucht / jedes Vergehen nur ein weg gehen / alles taube nur ein Hören /
alles Blind sein nur ein Sehen / jede Straße nur ein Weg /
jeder Vogel nur ein Flügel /.
Jeder Gedanke fliegt einmal fort / und jeder Körper stirbt / .
Manchmal für immer / schon im Leben /
und jede Birne verglüht einmal / in ihrer Lampe /.

Ein kleiner Regentropfen für die Mitternacht

Wenn die Uhr schläft und schlägt nicht mehr ! / .
Die Geister schwimmen in kleinen Tropfen / .
Ein wenig Zeit / ein wenig Zeit / bewegt die Welt / .
Immer dieselbe / aber / es ist Zeit / .
Die Zeit / immer dieselbe / . Von der Höhlenmalerei bis zu Picasso / und von Trommelklängen bis zu Bach und Tecno / .
Es ist Zeit / immer dieselbe / mit neuen, alten / Augen / .
Alles Glück und Leid / Haß und Liebe / ist immer gleich / .
Vielleicht wie immer / wenn nicht Krieg ist / .
So tanz / im kleinen Regentropfen / in Mitternacht / als kleiner Geist / und morgen bist Du nicht mehr weiter da / im Leben / .
So weiter / weiter / weiter / --- manchmal / .

Solang wie Tomaten manchmal grün / doch Gurken niemals rot sind / .
Solang / manchmal / im Regentropfen ! / .

Schauspielschule

.... / Wie einer schon von früh an den Hamlet lernt /
oder den Faust /
und / andere / das Gretchen / .
---- Wie jemand da sitzt, wie Ödipus / .
Manche üben schon früh den Romeo / oder die Julia / .
Andere die ewige Eva / oder / den großen Diktator ! / --- Für die Premiere ! / .

Maskerade der Edelfrauen

Sanfte Sensationen ! / Ihr reißt die Welt auf mit Eurer Eleganz /.
Bunt und körperbewußt / dezent und enganliegend ! / --
Manchmal schrill / und manchmal / lieb und reizend ! / .
Bewußtsein kann sich auf dem Körper tragen ! / .

So zeig auch Du Dein Herz durch eine Brille / auf der sich gern die Sonne spiegelt / .

Zeigt das / wo Ihr seid / und daß / wo Ihr sitzt / denen / die auf Eurer Linie stehen ! / .

Dort, wo Ihr hintanzt / seid ihr die Königinnen / und, die kleinen Kaiser neben Euch /
sind wie Schlösser für das Leben / .

Öffnet Sie / -- für Eure Parade /.
Bevor die Zeit sie wieder verschließt ! / .

Ja, kleine Edelfrauen / und auch große / reißen die Welt ein / mit Eleganz / Schönheit /
sanfter Tücke / und Männern / die sie führen und die /die hinter ihnen stehen / .